Texte et illustrations de Caroline Merola

Le trésor du bibinocolendi

la courte échelle

Les éditions de la courte échelle inc.

Les éditions de la courte échelle inc.
5243, boul. Saint-Laurent
Montréal (Québec)
H2T 1S4

Conception graphique: Derome design inc.
Révision: Lise Duquette

Dépôt légal, 1er trimestre 2001
Bibliothèque nationale du Québec

La courte échelle reconnaît l'aide financière du gouvernement du Canada par l'entremise du Programme d'aide au développement de l'industrie de l'édition pour ses activités d'édition. La courte échelle est aussi inscrite au programme de subvention globale du Conseil des Arts du Canada et reçoit l'appui du gouvernement du Québec par l'intermédiaire de la SODEC.

La courte échelle bénéficie également du Programme de crédit d'impôt pour l'édition de livres – Gestion SODEC – du gouvernement du Québec.

Données de catalogage avant publication (Canada)

Merola, Caroline

    Le trésor du bibinocolendi

    (Il était une fois...; 13)

    ISBN 2-89021-445-1

    I. Merola, Caroline. II. Titre. III. Collection: Il était une fois... (Montréal, Québec), 13.

PS8576.E735T736 2001   jC843'.54   C00-941714-1
PS9576.E735T736 2001
PZ23.M47Tr 2001

Les bibinocolendis sont des animaux très rares. Une dizaine, tout au plus, ont été recensés à ce jour, la plupart en Europe et en Amérique latine. Certains d'entre eux possèdent de mystérieux pouvoirs.

L'histoire qui suit m'a été racontée par ma fille Béatrice, une spécialiste des bibinocolendis.

Il était une fois, dans une maison de bois à l'entrée d'un village, un homme et ses deux enfants. L'homme chérissait son fils et sa fille, et les enfants adoraient leur père.

Mais tous les lundis, le père quittait la maison pour aller travailler au coeur de la forêt, laissant derrière lui ses deux enfants, Bruno et Bianca.

— Il me faut bien gagner de quoi vous nourrir, disait le père en les embrassant.

— Alors emmène-nous avec toi, répliquaient les enfants.

— Mes pauvres agneaux! Là-bas, trop de dangers vous guettent! Que feraient deux souriceaux comme vous, perdus dans la forêt? Et si vous rencontrez une bête sauvage ou, pire encore, si vous tombez sur la sorcière?

— Nous ne sommes pas des souriceaux, papa, et nous ne craignons rien de tout cela.

— Non et non! Vous irez à l'école le jour, et le soir vous fermerez les volets de la maison. Promettez-moi d'être sages et de n'ouvrir à personne.

Bianca et Bruno n'arrivaient jamais à convaincre leur père. Et, tous les lundis matin, les deux enfants se retrouvaient seuls jusqu'au vendredi.

Un soir, comme Bruno venait de fermer les volets de bois, quelqu'un frappa à la porte.

— De grâce, ouvrez-moi! supplia une petite voix essoufflée.

— Désolés, nous avons ordre de n'ouvrir à personne, répondirent le frère et la soeur.

— Je ne suis pas une personne, je suis un animal! Ouvrez-moi vite! Ma vie est en danger.

Le mystérieux visiteur ne cessait de gratter et de frapper à la porte.

— Je vous en prie, aidez-moi! Un chasseur me poursuit!

Il y avait tant de crainte et de détresse dans cet appel que Bruno, pris de pitié, se décida à tirer le verrou.

La porte fut à peine entrouverte qu'une forme sombre et velue s'élança dans la pièce. L'animal courut aussitôt se cacher sous un meuble.

Bianca s'approcha doucement.

— N'aie pas peur, petit. Il n'y a que mon frère et moi dans la maison. Viens!

Deux yeux brillants clignaient sous la commode. La bête avait le souffle court.

Soudain, quelqu'un frappa à la porte à grands coups.

— Ouvrez! Je suis un chasseur! La bête que je poursuis s'est réfugiée dans votre maison.

— Vous vous trompez, monsieur le chasseur, dit Bruno. C'est notre chat que nous avons fait entrer.

Le chasseur adoucit sa voix.

— Dans ce cas, laissez-moi entrer. La nuit est tombée. J'aimerais manger un peu et me reposer.

— Désolés, monsieur le chasseur. Nous avons ordre de n'ouvrir à personne.

— C'est bon, je m'en vais. Mais je reviendrai demain matin m'assurer que la bête n'est pas chez vous. Bonsoir!

Le danger passé, le pauvre animal se glissa hors de l'ombre. C'était une bête telle que Bianca et Bruno n'en avaient jamais vue: ni chat ni chien, sa queue était touffue comme celle d'un écureuil et sa fourrure brillante était faite de fils d'or pur, fins et soyeux.

— Voilà pourquoi le chasseur voulait te prendre, fit Bruno. Pour ta belle fourrure!

— Sans doute, répondit l'animal. Mais il n'est pas encore né celui qui réussira à m'attraper, car je suis un bibinocolendi. Je possède un pouvoir magique: je sais d'instinct trouver des trésors. Mon flair me dit qu'il s'en cache un non loin d'ici, à quelques heures de marche. Et puisque vous m'avez sauvé la vie, ce trésor sera pour vous. Demain, à l'aube, avant le retour du chasseur, nous partirons à sa recherche.

Bianca et Bruno se regardèrent, émerveillés. Si jamais ils découvraient le trésor, ils seraient riches. Et leur père ne les quitterait plus tous les lundis pour aller travailler.

Quand les deux enfants s'endormirent, le bibinocolendi à leurs côtés, leurs rêves furent peuplés de gentils animaux à la fourrure dorée et de bûcherons courageux, comme leur père.

Ils ne se doutaient pas que le chasseur, l'oreille collée à la porte, avait tout entendu. Caché derrière un arbre, toute la nuit il surveilla la maison.

Le lendemain, aux premières lueurs du matin, les enfants et le bibinocolendi se préparèrent à partir. Ils mirent dans leurs sacs de l'eau, des fruits, du saucisson et du pain, ainsi que deux petites pelles au cas où le trésor serait enfoui profondément dans le sol.

— Moi, fit le bibinocolendi, je creuserai avec mes pattes, car j'ai de longues griffes. Suivez-moi! Mon flair me dit qu'il faut marcher en direction de la forêt.

Tous trois quittèrent la maison. Le chasseur les suivit à bonne distance.

Arrivés près de la forêt, Bruno et Bianca hésitèrent à y pénétrer. Le bibinocolendi les rassura:

— N'ayez crainte, je connais le chemin. Et si par hasard nous croisons une bête sauvage, nous n'aurons qu'à partager notre goûter.

— Et la sorcière? demanda Bianca.

— La sorcière n'est jamais levée avant midi. Nous serons de retour bien avant, croyez-moi.

Dans la forêt, les enfants et le bibinocolendi ne rencontrèrent que des lièvres apeurés, des biches et des faisans effarouchés.

— Mon flair me dit que nous approchons, mes amis, déclara le bibinocolendi.

À ces mots, une grande bête noire surgit devant eux. C'était un loup!

— Ha! ha! ha! Ton flair me fait bien rire, Bibino, s'exclama le loup. Il ne vaut pas grand-chose. Ton flair ne t'a donc pas prévenu de ma présence?

— Toute mon attention était concentrée sur le trésor, répondit le petit animal.

— Je comprends. Mais, vois-tu, j'ai un grand creux et ces deux enfants ont l'air délicieux.

— Nous avons du pain et des fruits à partager, proposa Bruno en tremblotant.

— Tu te moques de moi? Je ne suis pas un écureuil, je suis Wilbrod le loup!

— J'ai aussi apporté un saucisson, risqua Bianca.

— Un saucisson? Hum, fais-moi goûter…

Le loup dévora le saucisson en entier. Il sembla ravi.

— C'est tout simplement exquis! Je suis repu. Je vous laisse poursuivre votre chemin. Toutefois, prenez garde. Vous approchez de la maison de la sorcière.

— Merci, loup. Au revoir!

Au bout d'une heure de marche, les deux enfants et le bibinocolendi débouchèrent sur une grande clairière. Au milieu de la clairière, quatre vieux arbres entouraient une petite maison de pierre. La fourrure du bibinocolendi se mit à briller intensément. À voix basse, il prévint Bruno et Bianca:

— Voilà la maison de la sorcière. Le trésor se trouve dans son jardin. Il nous faudra creuser en silence pour ne pas la réveiller!

— Mais nous ne pouvons pas voler le trésor d'une sorcière, s'inquiéta Bruno.

— Ce trésor n'appartient à personne. Il est enfoui là depuis plus de mille ans.

Tous trois se mirent à l'ouvrage, les enfants avec leurs pelles et le bibinocolendi avec ses grandes griffes recourbées. Cent pas derrière eux, le chasseur tapi dans l'ombre, son fusil à l'épaule, les surveillait toujours.

— Laissons-les s'épuiser à la tâche, ricanait-il. Il sera toujours temps de s'emparer du trésor quand ils l'auront déterré. Et je tuerai ce maudit animal par la même occasion. Sa fourrure dorée me rapportera gros!

L'attente ne fut pas longue. Les enfants frappèrent quelque chose de dur avec leurs pelles.

Bruno et Bianca crièrent de joie, oubliant la sorcière qui dormait encore.

— Silence, malheureux! fit le bibinocolendi. Dépêchons-nous de sortir le trésor et de nous enfuir! J'ai peur que la sorcière ne vous ait entendus.

Trop tard! La porte de la maison s'ouvrit en grinçant. Les pauvres enfants sautèrent dans le trou pour s'y cacher, mais la sorcière les avait déjà aperçus. La sorcière n'était ni vieille ni laide. Elle avait de longs cheveux et de beaux bras dodus. Mais son regard était noir et féroce.

— Qui ose me déranger durant mon sommeil? C'est toi, sale petite bête, qui as entraîné ces deux enfants jusqu'ici? Tu sais pourtant que je déteste qu'on vienne rôder autour de ma maison! Ainsi, vous êtes venus chercher un trésor? Grand bien vous fasse! Car, par ma magie, vous resterez pendant cent ans enfermés dans ce coffre!

La sorcière leva ses deux bras dans les airs pour jeter un sort.

— Attends! Attends! cria alors une voix.

Et cette voix n'était ni celle des enfants, ni celle du bibinocolendi. C'était la voix du chasseur qui s'avançait au grand soleil.

Quand il avait aperçu la sorcière, les cheveux défaits, la robe au vent, son coeur avait fondu. Le voilà soudain tout tendre, tout gentil.

La sorcière tourna d'abord vers lui des yeux arrondis par la colère. Mais quand elle vit ce grand homme avec sa moustache et son beau costume, elle éprouva un sentiment étrange. Son coeur se réchauffa.

Bianca, Bruno et le bibinocolendi ne savaient trop quoi penser de cette rencontre.

Le chasseur s'approcha de la sorcière, les joues roses d'émotion.

— Madame, j'ai suivi ces enfants afin qu'ils me mènent au trésor, et mon trésor, c'est vous!

La sorcière baissa les yeux et lui tendit les mains.

— Vous venez de transformer mon coeur. Moi qui haïssais le monde entier, tout me paraît maintenant agréable et joyeux. Entrez dans ma maison.

Les enfants se regardèrent. Ils eurent envie de rire. Le chasseur, en souriant, leur dit:

— Merci, les enfants! Merci, bibinocolendi! Ta belle fourrure ne m'intéresse plus. Je sais à présent qu'il existe une chose plus importante que tout l'or du monde.

— Oui, ajouta la sorcière, merci! Gardez ce trésor et tâchez d'en faire bon usage.

Bianca et Bruno ne se firent pas prier. Le coffre regorgeait de diamants, de pièces d'or et de mille pierres précieuses. Le frère et la soeur en eurent les larmes aux yeux. Plus rien n'empêcherait leur père de rester auprès d'eux.

Quand ils arrivèrent devant leur maison, le bibinocolendi leur annonça:

— Je dois vous quitter ici, mes amis. À bientôt!

— Attends, Bibino! lui cria Bianca. Reviendras-tu un jour?

Le bibinocolendi était déjà loin. Il se retourna.

— Bien sûr, je reviendrai. J'ai dit: «À bientôt!»

Le frère et la soeur rangèrent le trésor.

Quand leur père fut de retour à la maison, ils lui firent la surprise. Le bûcheron n'en crut pas ses yeux. Il serra tendrement ses enfants contre lui.

— Vous êtes très courageux, mes agneaux. Je resterai toujours auprès de vous.

Maintenant, Bruno, Bianca et leur père prennent tous leurs repas ensemble. Et il n'est pas rare qu'un étrange petit animal doré ainsi qu'un grand loup noir viennent leur tenir compagnie.

Quand il y a du saucisson au menu.

Achevé d'imprimer
sur les presses de Litho Acme inc.

391·3